청어詩人選 217

만종

김상우 시집

만종

김상우 시집

발 행 처 · 도서출판 청어
발 행 인 · 이영철
영   업 · 이동호
홍   보 · 이용희
기   획 · 천성래
편   집 · 방세화
디 자 인 · 이수빈 ㅣ 김영은
제작이사 · 공병한
인   쇄 · 두리터

등   록 · 1999년 5월 3일
(제1999-000063호)

1판 1쇄 발행 · 2019년 12월 20일

주소 · 서울특별시 서초구 남부순환로 364길 8-15 동일빌딩 2층
대표전화 · 02-586-0477
팩시밀리 · 0303-0942-0478

홈페이지 · www.chungeobook.com
E-mail · ppi20@hanmail.net
ISBN · 979-11-5860-723-4(03810)

이 도서의 국립중앙도서관 출판시도서목록(CIP)은 서지정보유통지원시스템 홈페이지
(http://seoji.nl.go.kr)와 국가자료공동목록시스템(http://www.nl.go.kr/kolisnet)
에서 이용하실 수 있습니다.(CIP제어번호: CIP2019049251)

만종

自序

백지 앞에
시간을 쓸어내며
시를 쓴다

이제
말(言)들을 잠재우고
고요에 들 시간
가깝다

2019년 초겨울
김상우

차례

2부 꼬리에 대한 견해

3부 흑백 필름

4부 달을 먹은 소

1부

봄비를 추억함

파문 · 1

환한 달빛
잔잔한 호수에
돌 하나 던져 넣으면
희미한 기억 속에
동그란 파문
번번이 물가에 이르러
속절없이 꺼져가다
그렇게
쌓이고 또 쌓여가는
파문은 내게
무슨 말을 걸었던가

파문 · 2

소문으로만 듣던
그 물빛
환한 반영
맨발로 밟고 간 이의
쪽빛 발자국
나를 떠난
그대 또한 내게 띄울
쪽빛 깊은
소문 하나 만들고 있으리

봄비를 추억함

네가 오는구나
손에 든 초록 보따리
그게 전부 가난이라 해도
반길 수밖에 없는
허기진 새벽

누이야
네 들고 온 가난을 풀어보아라

무슨 풀씨이든
이 나라 들판에 뿌려놓으면
빈 곳이야 넉넉히 가리지 않겠느냐

뜨락

이 지루한 날들이 어서 지나가길
소나기를 피하듯 나는
그대 뜨락에서 잠시
이 生을 피한다
이유도 모른 채 그대에게서 머문
한나절
비 그치길 기다리는
이 짧은 生

틈

세상의 갈라진 틈을 통해
낯익은 그대의 상처를 만났다

오래 전부터 그대 마음에 틈이 놓여
사랑으로 내가 들고나는 세월

허공에도 틈이 있어
잠시 머물다 가는 지상의 한나절

틈이 있으니 내가 있었다

조롱박

玉泉寺 옹달샘에 조롱박 하나
하늘 비친 하늘 속에 떠 있다
마당 가운데 제 그림자하고 노는
동자승 같다

샘가에 허공이 흐르는 소리 맑다

기억

연분홍 푸른 빛 연밥
연밥 따던 아씨들 일렁이던 그 못
못 위를 지나가던 붉고 누런 바람
바람 속을 걸어 다니던 죽은 이들
연밥 따던 아씨들을 안으려다 허연 물빛에 스러져
검거나 푸르거나 허옇거나 하던 물
잠자리들이 날아다니며 갈 그림자 던지곤 하던

뻐꾸기 울음소리에

뻐꾸기 울음소리에
높아가는 山

뻐꾸기 울음소리에
깊어지는 골

뻐꾸기 울음소리에
잠드는 마을

거리의 비둘기에게

성당과 분수가 있는 풍경
우아하게 선회하던 푸르른 날의 하늘
진줏 빛 곱던 비둘기야
이 거리를 떠나라
어서 고향으로 돌아가
산비둘기 되어라
들비둘기 되어라

바다는 슬픔이더라

슬픈 날
바닷가에 서면 모두가 슬픔이더라
밀물이든 썰물이든
저 허허한 빈 곳에
푸른 이름으로 잠기고 쓸려나가는 저 먼먼 곳에
살구꽃 달맞이꽃이 피고
꿈인 듯 떠 있는 배
갈매기 한 마리
슬픔처럼 날아오르더라

그대는 왜

나를 한없이 울켜게 하는
그대는 왜 내게 그리움의 바다인가

저녁 어스름

어스름이 다가와서 내 해안선을 입질한다
주둥이를 들이 밀 때마다 조금씩
노을이 쪼개고 간 航跡마저 지우고
마음의 항구는 떠밀려 멀어진다
해도 예전의 그 해가 아니라서
오늘은 반 뼘쯤 더 짧게
고동소리가 수평선을 잡아 당겨 놓았다

하늘

지붕 위에 하늘 한 켜
떨어지는 솔방울 위에 하늘 한 켜
이슬 맺힌 꽃잎 위에 하늘 한 켜
흔들리는 풀잎 위에 하늘 한 켜
흐르는 강물 위에 하늘 한 켜
천둥 바람소리 위에 하늘 한 켜
켜켜이 쌓인 하늘마다
그대 이름과 별과 이름 모를
설움이 쌓이고
불빛 고운 강물들이 뒤섞여 흐르고
아! 켜켜이 또 쌓이는, 저 익명의
깊은 신비함

꽃잎

떨어진 꽃잎이 차가운 땅바닥에 누워
잠을 자네

산 그림자가 이불을 내려
그의 몸을 덮어 주네

비가 비를 때리는 밤에도

가을

모과나무에 손풍금 소리가 걸렸다
찰랑이는 가을 잎새에 매달려
손풍금 소리가 도레미를 연주할 때
팽그르르 잎사귀 하나 떨어지고
참새 두어 마리가 짧게 미파솔을 우짖고는
포르르 하늘을 난다
모과나무 잎 끄트머리에 걸린 손풍금 소리처럼
청정한 시골집 풍경
가을은 그렇게 길모퉁이를 돌아
잠시 모과나무에 들렀다가 짧은 여운만 남기고
하늘로 떠나간다

가을비

그대
이제 우리 다시 만나면
소중한 말은 하지 말고
그저 먼 허공이나 바라보다
헤어지기로 하자

사랑도 길이 막힌 저녁 어스름
마른 풀잎 위로
가을비 내린다

일몰

산길을 가다보면
돌 끝에도
햇빛 앙금이 묻어 있다

누가
보냈을까

산골 할머니가 밭고랑 끄트머리에서
자꾸 흘러내리는 햇빛을
고랑 위로 끌어올리고 있다

할머니가
돌멩이처럼 작아지고 있다

귀로

아름다운 것
모두 앗아가 버리고
사위어가는 모닥불처럼
잔해만 타고 있는
저녁놀
저 멀리
눈 감는
갈밭
시린 무릎 아래
땅거미 고여 오고
늦게 歸巢하는
안쓰런 새 몇 마리
동공 깊숙이 추락하고 있다

달빛

눈빛 밝은 나를
태양이라 불렀던
당신의 몸에서는
늘 日蝕의 냄새가 났으므로
대문과 연결된 골목길에
하나, 둘, 번호를 매겨가며
더듬이 같은 손을 뻗어
강물 흘러가는 듯한
목소리를 찾아다니곤 했다
당신이 돌아온 계절마다
이상하게 그늘은 더욱 짙었다
날카로운 유리를 심어놓은
담벼락은 높아서
햇빛은 감히 월담할 수가 없었다
창가의 장미꽃 몇 송이가
벌레들에게 점령당한 채
점점 어두워져 갈 때
달빛 한 줄기
꽃잎에 스며들었다
내 손바닥 위에
빛나는 열매 한 알 놓여있었다

도배

아귀가 어그러질 것 같은 고목은 그대로 두고
가로 세로 하늘의 길이까지 숲의 치수를 잽니다
숲이 겨울로 옮겨 앉는 동안
궁색한 가구들을 들어내고도 비좁은 숲을 재단합니다
낙엽과 나무의 거리는 계산되지 않아
여유분을 남겨놓고 도배를 합니다
삭정이 부러지는 소리가 숲을 흔듭니다
덕지덕지 일어난 물박달나무의 표피처럼
푸석푸석 숲의 표면이 거칠어
초배지를 발라야겠습니다
엄두를 못 내던 겨울이 이쪽 벽을 타고 내려옵니다
굴참나무는 일찍이 잎을 벗고 동면에 들었습니다
박았던 못자국마다 벽지로 메우고
쓸쓸한 기포나 외로움이 일지 않도록
잎이 진 숲에 엽서를 씁니다
―오늘은 소한입니다
곧 따뜻해질 겁니다

2부

꼬리에 대한 견해

유리병 속의 포도

유리병 속에서 포도가
익어가고 있다
달콤한 과즙을
보기만 하라니

새와 벌레는 출입금지!

가질 수 없는 것들이
더 치명적이다
유리병 앞에서
모든 것들의 날개는 강건해진다

바닥

주저앉고 싶지만
머무는 곳 아니다

바닥으로 바닥을 짚고
바닥으로 바닥을 차고

다시 길 떠나는 곳

팽이

제대로 한번 서보기 위해
아랫도리에 피멍이 든다

채찍을 피하지 않는 당당함

일어서고 싶거든
한번 사무쳐 보라

지렁이의 꿈

자갈치시장, 촘촘한 악다구니의 틈을 뚫고
집요하게 버팅겨 오르는 것이 있다
더듬이 하나 없이
때 낀 하모니카를 불며
두 손으로 직립보행 하는.
어쩌랴, 몇 푼의 동정을 끌고서라도
짓밟히고 꿈틀거리며 시멘트 바닥을 뚫고 나와
삶이 되려 하는
저 環形의 꿈

낙타

흙먼지 그득한 이 세상으로
운반하려 한 것은 무엇이었을까
제 무게에 겨운 삶 더하여 메고
통과할 길 없는 우리에 갇혀
선한 눈 껌벅이며 삭이는 세월,
그 질긴 황량함을 견디는

웃음

한 뼘 척박한 땅에 뿌리박고 태어나
일그러진 주름의 골을 헤집고
제 몸보다 몇 배나 큰 사랑꽃을 피워 올리는
눈부신 그대

아스팔트 위에서
콘크리트 속에서
세상을 떠받치는

알

알은 모남이 없다, 둥글다
원형은 완전하므로, 알은
완전하다
완전한 알의 껍질을 깨뜨리고 비로소
태어나는 한 생명
파괴되는 껍질의 비명과
절대의 아픔을 통과의례로 안아야 하는
알은 땀 흘리며,
고통스럽게 찌그러지며, 가득히 피 흘리며, 마침내
탄생의 기쁨을 희열한다
부서진 알 껍질을 보면
위대한 죽음이 어머니 같다

굴비

보이지 않는 줄에 몸 묶여
헤어나지 못하는 이 절망보다
당당하게 묶여서 땡볕에 내걸리는
차라리 아름다운 저 굴욕

껍질

껍질이 본질이라는 걸 뒤늦게야 안 사람들
껍질에 더 좋은 게 많다고
온통 껍질 이야기다
껍질이 붙은 밥을 먹고, 껍질이 붙은 열매를 먹는다
깊숙한 곳에 있는 것이 본질인 줄 알고, 나도
연하고 보드라운 것에 집착했다
거칠고 상처받고 벌레 먹은 것들은 다 껍데기라고
칼로 도려내었다
본질은 함부로 범접할 수 없는 곳에 있다고
믿었으므로

둘러쓸 것 하나 없이 맨살로 덩그러니
나앉은 것 같은 날
허약한 속 달래주듯
껍질째 아작아작 사과 한 알 먹는다
잘 씹히지 않는 본질을 야금야금 씹어 삼킨다

신호등

눈 오는 밤은
누구나 짐승처럼 울게 할
신호체계를 가진 모양이다

횡단보도에 대기 중인 저 눈발들

어디로 보낼 것인가
다시 열린 축제의
이 안내장들

물고기가 나에게

아침에 일어나면
어항 속 물고기가 나를 보고 묻는다

밤새 안녕했냐고
가스는 없더냐고
폐수는 안 마셨냐고
숨쉬기는 괜찮냐고
다리 뻗고 잤냐고

비좁은 캡슐 속에서
피곤하지 않았냐고

거울

거울공장 직공들은
늘 남의 거울을 만들어 놓고
거울 뒤편에서 혼자 늙는다

모피 코트

은빛 털 속에 숨었을
살과 뼈와 야성을 생각한다
껍데기가 머리부터 발끝까지 통째 벗겨져
환한 조명 아래 내걸린
인간의 욕망 따스하게 감싸주는 모피가
한없이 여린 생명의 살갗이었음을
하늘을 날아갈 듯 걸어가는
중년의 여자는 알까?

금간 벽

온 몸뚱이로 걸어왔으나
살갗 터지도록 뒹굴어 보았으나
아직도 하늘로 머리 두고 사는 법조차 몰라
지렁이 몸뚱이 그대로 지나갑니다
먼지의 자욱만 남겨놓고 갑니다
그대로 두어 주십시오
다음 생에 못하면 그 다음 생에
흰 무명 걸레라도 되어
깨끗이 닦아놓고 가겠습니다
그대로 두어 주십시오

아래의 힘

하얗게 날 세운 가지 끝 자존심이
아래로부터 치고 올라오는 것을 이긴 적이 있는가

위에서 찍어 누르는 것이 아니라
아래에서 솟구치는 것으로 역사는 흐른다

입춘 지난 세밑
대지 위에 눈폭탄 퍼부어도
발 아래서 꼼지락꼼지락 밀어 올리는
연초록 한 잎에 무너지는 힘의 균열

수레바퀴는 같은 속도로 돌아가고
발맞춰 걷는 생명들은 늘
설렘의 힘을 품은 아래가 무서운 거다

아내여

90mm 못 하나가
무게 1톤을 감당한다는데
60kg 내 한 몸이 지탱하는
삶의 하중은 얼마나 될까
어찌나 무겁게 生을 끌어 왔는지
하찮은 내 무게는 늘 삐걱거렸지
낡은 리어카 바퀴가 뭉개지도록 잔뜩 실은
모래와 자갈
그 위에 시멘트를 포개어 엊고
사나운 날을 잡아 거친 밤길 접어드네
요령도 없이…… 대책도 없이……

오오 아내여
뒤를 미는 아내여!

시멘트

부드러운 것이 강하다
가루가 될 때까지 철저히
부서져 본 사람만이 그것을 안다

밥상 앞에서

철 늦은 눈이 내리고
교회당 첨탑 위에서 까치가 운다
아침 밥상에 앉아
동치미 우적우적 씹는 소리에
소름이 돋는다
침묵의 틈 사이로 몇 송이 눈
낮게 떨어지고
날개도 없이 날아간 불구의 시간들이
입안에서 절룩거린다

허공을 퍼 올리는 숟가락

꺼억, 꺼억,
까치는 아직도 울고 있다

새

새는 날면서 하늘을
노래하지만
평생 한번도
광활한 자유의 구속을
알지 못한다

마침내 하늘에 가득히 쌓일 뿐인
보이지 않는 너희들의
뼈와
무덤

또는,
노을 물든 서녘하늘 위로
구름 되어 쓸쓸히 빛나는
설레며 솟구치던 날의 부푼 날개여

꼬리에 대한 견해

—용꼬리 보다는 뱀 대가리

제발, 꼬리를
모독하지 마셔요

비구름 뚫고 승천하는 용의 航進도
꼬리의 헌신 없이는 어림없지요

용틀임하는 몸의 중심 곧추세우고
천둥치는 푸른 협곡 휘이휘이 헤쳐 내어
빈틈없는 하늘 길 하나
옹골차게 밀어 올리는
꼬리의 힘

머리는 숭배하고 꼬리는 경멸하도록
줄기차게 진화해 온 단호한 관념은
누구를 위한 방어막인가요

숭배도 폄하도 필요 없는
머리와 꼬리는 상생의 한 몸!
살아있는 것은 모두
뼈마디 시리다는 걸 모르시나요

3부

흑백 필름

아득한 봄

창 너머로 황홀한 에로티시즘
눈부시게 몰락하는 저 落花의 농염

벚꽃

여기저기
눈꽃 쏟아질 때부터
코끝이 간질거리더니
그예, 터지는 재채기 소리
분홍빛 봄의 목젖까지
알알하다

팬지꽃

길거리 화단 위의 팬지야
성깔 있는 세월을 붉거나
혹은 남빛, 흰빛으로
이른 봄부터 피워내고 있느냐
바람을 딛고 자라
발목이 아픈 자정 지난 시간
통화 끊긴 전화기를 들고 서있던 너
길들이기 싫었던 알몸을
서로 다른 화분에 옮겨 심는다
우리의 사랑도 분갈이 하면
너처럼 색색으로
꽃 피울 수 있을까

채송화

발뒤꿈치도 한 번 들지 않았었구나
몸 낮추어도
하늘은 온통 네게로 왔구나
울타리 하나 세우지 않고도
꽃밭을 일구었구나
올망졸망
어깨동무하고 사는구나

나팔꽃 · 1

사철나무 푸른 등걸을 타고
이른 아침 창문을 두드린다
세상 밖은 아직도 어둠인데
희미한 빛을 두 손에 들고 와
마음 빈 터에 등을 달았다

어느새 나는 그 꽃밭 향해
줄 감기를 시작하였다

나팔꽃 · 2

잠시도 가만있지 못하는 나팔꽃
푸른 눈으로 잎 내밀고 발 만들어내고도
일어설 생각은 없다
나팔꽃의 중심은 허공에 있다
갈 길 멀기라도 한 것인지
하늘 맞닿는 그곳이 제 집이란 듯
나무든 담장이든 칭칭 감아
위로 밀고 오른다

길, 막힌 곳이 길이다
막무가내
벙어리 그대

모란

피면 지리라
지면 잊으리라
눈 감고 길어 올리는 그대
그리움의 江
져서도 잊혀지지 않는
내 영혼의
자줏빛
상처

냉이꽃

모질기도 하구나
장하기도 하구나
오고가는 길섶에서
밟혀 죽은 줄 알았더니
꽁꽁 겨울바람에
얼어 죽은 줄 알았더니
납작한 이파리마다
어느새 푸른빛 띄우고
모가지 길게 뽑아
눈물겨운 밥사발 가장자리 늘어붙은
밥풀 같은 꽃잎
몇 개 달고
天下의 봄을 호령하는
너는

풀꽃

하늘 빗금 그으며
당당히 서서 흔들리는
저 차고 맑은 슬픔아

코스모스

챙 넓은 모자를 쓴 소녀의
환한 목덜미
가을볕 너무 고와
초승달 살 붓듯 하더니
그믐달로 다 야위네

갈대

청량한 가을볕에
피를 말린다
소슬한 바람으로
살을 말린다

비로소 철이 들어 禪門에 들듯
젖은 몸을 말리고 속을 비운다

말린 만큼 편하고
비운 만큼 선명해지는
홀가분한 존재의 가벼움

성성한 백발이 더욱 빛나는
꼿꼿한 老後여

담쟁이

삶은
가파른 벽을
온몸으로 오르는 것

가장 낮은 자리에서 기는 담쟁이가
누구도 넘볼 수 없는 벽을 넘나니
회색 절망의 높이에서 하늘을 여는
꽃이여

흑백 필름

마른 나뭇잎 한 장에선
아, 하고 바스러지는 한 컷의 시간

수만 개 나뭇잎을 매달고 있는 가문비나무
숲 속엔
아, 하고 바스러지는
수만 컷의 겹쳐진 시간들

明暗과 정신의 높낮이로 읽어야 하는
사람의 아픈 몸 그 어디에도
아! 아! 소리치지 않는 곳이 없다

감나무집

짖지 못하는 개 한 마리
감나무에 매 놓고
집주인은 어디 갔나

바람은 맨발로 집구석을 드나들고

개가 혀를 물고 누워
주인 기다리는 동안
남의 집 지붕 오래오래 비추며
서있는 등불
홍시 하나

사라진 나무

나무들이 사라지고 없다
새끼줄에 뿌리가 묶여 나뒹굴던
몇 그루의 나무들이
온 데 간 데 없다
숲을 붙들고 물어도
바람만 분다
바람마저 사라지면
저 나무 기억의 자리
끝내 모를 일이다

시월

어두워야 읽혀지는 가을의
상형문자들은 난해하다

덜컹대는 문짝들도 제자리에 들어
더 깊은 가을의 심방을 기다린다

떨어져 내리는 나뭇잎들아
너희에게도 生은 무거운 것이었구나

가을의 색깔

저 바람을 손아귀에 쥐고 짜면
무슨 색깔이 나올까요

저 하늘을 양손에 쥐고 짜면
무슨 색깔이 나올까요

사랑하는 사람끼리
한 사랑을
또 한 사랑으로 부벼서 짜면
정말 무슨 색깔이 나올까요

山茶

찻잔에 산을 띄워
달여 마신다

솔방울 바람
달빛 도라지꽃 향기도
재탕 우려 마신다

우주가
내 뱃속에서
나비되어 난다

山房에서

落房에 홀로 남아
먼 마을 참나무 장작 패는 소리를
藥으로 듣는 늦은 겨울날 오후

할머니의 달

뒷짐 지고 할머니 걸어간 달 속에
장독대가 있었네
달빛에 그리움이 발효되어 내려올 때마다
장 맛 모두 퍼가고 남은 빈 장독처럼
웅 웅 내 몸의 적막이 울었네

4부

달을 먹은 소

빛나는 자리

아침저녁
방을 닦습니다
그러나 매일 가장 열심히 닦는 곳은
꼭 한 군데입니다
작은 창틈 사이로 아침 햇살 다소곳이 내려앉는
그곳
그곳에서 나는
내 언어의 푸른 숨결들을 쏟아 내며 기도합니다
언젠가 당신이 찾아와 앉을 그 자리
비어 있지만
언제나 꽉 차 있는 빛나는 자리입니다

산책

숙인 머리에
종소리 떨어지고

새들이 와 우짖는다

숙인 머리에
바람이 와 소스라치고

가슴 펴라, 가슴 펴라
어깨 두드려주고 지나간 후

숙인 머리에
별 뜬다

오늘 밤은 무슨 꿈을 꾸랴

晚鐘

구부린 등은 종이었다

해질녘
구겨진 빛을 펼치는
종소리를 듣는다, 한 가닥
햇빛이 소중해지는

진 펄밭 썰물 때면
패인 상처를 생각할 겨를도 없이
호밋날로 캐내는, 한 생애

쪼그린 아낙 등 뒤로
끄덕이며 끄덕이며 나귀처럼
고개 숙이는 햇살
어둠이 찾아오면, 소리 없이

밀물에 잠기는 종소리

달을 먹은 소

저무는 들판에
소가
풀을 베어 먹는다

풀잎 끝
초승달을 베어 먹는다

물가에서 소는
놀란다
그가 먹은 달이
물 속 그의 뿔에 걸려 있다

고삐

소를 기를 바에는
고삐 풀어
구름에 던져야 하는 건데

칠십 가까이 소를 먹이며
길에서도 나는 어리석게
나를 끌었다

내 안에
소 한 마리
놓아먹이지 못했다

뿔

떠받기 위하여 있다
무엇이든
세차게 찌르고 받아 넘기는
일격의 敵意만이
뿔을 뿔답게
한다

지금 그의 정수리에
두 개의 뿔이 박힌
소가
전설처럼 아득히
서 있다

내게도
세상의 부조리를 힘껏 떠받아 칠,
그러나 아직 한 번도 써 보지 못한
古物된 낡은 뿔 하나가 있다

북

사물놀이를 시작한 아내에게
등허리를 맡기고
북으로 누워보니 알겠다
더 세게 두드리라는 말
맞아보니 알겠다
최고의 소리를 내는 북은
평생 농사일로 늙은 소가
벗어준 옷을 입은 것이라는 말
밟혀보니 알겠다
늙은 소는 북채로 때릴 때마다
찌부드드한 소리 움찔움찔 주무르고
저런 소리 납작납작 밟아 펴면서
제 가죽 안에 恨의 소리 쟁였으리니

적막강산

두리둥 두리둥
둥둥둥!

파동의 둥근 길을 따라
늙은 소 한 마리
꺾인 뿔 치켜들고 벌떡 일어나
울며 나선다

참꽃

검질긴 세월
얼마나 고통스러이 피워 올렸나
生의 薄土에 종균을 내리고
비죽이 매운 향내 뿜어 올린
둥근 검버섯

참꽃이란 것

제 주검을 뜯어먹고 비로소 완성되는 꽃

여섯 살의 宇宙

바람이 들썩이는 호숫가
비닐돗자리 손에 든 아이가
풀밭으로 걸어간다
신발 벗어 한 귀퉁이 두 귀퉁이
메고 온 가방 벗어 세 귀퉁이
마지막 귀퉁이에 제 몸 내려놓는다

삼라만상을
돗자리에 전부 모셨다

허공의 肉脫

죽은 느티나무 밑동에
세로로 나 있는 주름을 본다
겉껍질에 가려 보이지 않던 저 주름
바람과 세월이 목숨과 만난 흔적
바람은 나무의 몸에 숭숭 열린
구멍을 스치며 피리소리를 낸다
딱따구리가 쪼아대고 벌레들이 거드는
느티나무의 해체현장
주름이 생기기까지의 더딘 삶처럼
제 죽음을 내려다보는
허공의 肉脫 또한 느리다

태풍

엎드려 빌든지
당당히 맞서든지

죄 짓지 않고
사는 삶이 어디 있으랴
위안하며 변명하며
지새우는
불안한 밤

아름드리나무가
뚝 부러진다

목숨을 구걸하지 않는 生은 아름답다

달밤

나는 그대 한복판에 앉아
풀 한 포기로 떨고 있다

바람 부는 대로 온몸 흔드는
나의 의도를 나는 모른다

늘 새롭게 떠도는 구름처럼
지겹지 않게 다니시는 그길
따라 나서고 싶다

풀잎 기우뚱 일어설 때마다
나를 바라보는 당신
말없이 흘러가는 그 길

나이 듦에 대하여

나이 들어 간다는 것은
필요로부터 점점 소모되어 간다는 것

문득 서 있는 것들이
허공에 몸을 세워 가는 것을 본다

허공 끝으로 아름답게 떨어지는
노을의 모습이 부러워질 때
하루의 끝으로 떨어지면서
저리도 아름다울 수 있을까 싶을 때

해 또한 제 빛으로 제 모습 붙들고 있음을 안다

나이 들어간다는 것은
다 저녁 때 서 있는 것들 모두
허공으로 눈부시게 부서져 가는 것이
어느 때보다 잘 보인다는 것

버려진 가구

어리둥절 새 순으로 태어나

무채빛 나이테를 살찌우며 꾸었던

반짝이는 가구의 꿈

광택제 밑으로 숨어 내리던 모순의 사랑

일생은 짧은 여행처럼 스쳐 지나가고

소각장 냉냉한 불꽃 속으로 연소해 갈

생명의 소실점

다시는 뿌리 내리지 않으리라

낯선 아파트, 담 밑에 버려진 나

인사를 하자

인사를 하자
세상이 각박해 갈수록

내 그림자에게
세상에서
가장 가까운 이웃에게

하루에 한 번씩
사라져가는 내 삶에게

먼저

녹산교 아이들 · 1

스물거리는 안개의 고요 속으로 걸어 들어가
들판 바라보니
반 뼘쯤 자란 논보리가 초록초록 눈을 뜨고
나를 바라보네
논보리밭 사잇길 말뚝에 매인
아이 흑염소 두 마리도 고개를 갸웃대며 바라보다가
어린 뿔로 들이받을 듯 달려드네
뿔 없는 나도 손가락뿔 세워 저를 받는 시늉을 하며
흥에 겨워 한참을 노네
공중으로 튀어 올라 핑그르 한 바퀴 돌아내리며
넘쳐나는 힘 자랑할 날 멀지 않았네

녹산교 아이들 · 2

청포도알 같은 웃음을 연신 꺼내
까르르 굴리는
가물가물한 아이의 눈빛이 내미는
작은 초콜릿 한 조각
부서진 한 귀퉁이
잠깐 입에 넣어도 달콤해

걸어서 살아갈 수 있는 날

눈이 내린다
부서져 허물어진 아무 곳에나
눈이 내린다
흐린 날의 생각이 흔들리는
언덕에 서서
내가 다시 걸어가고자 하는 곳은
사람들이 버리고 떠난 빈 마을
그곳에는
초조한 기다림이 없어서 좋다
비어 있는 것은
세상을 껴안고 울먹이지 않는다
차가운 얼굴, 서글픈 희망 가지지 않아도 되는
걸어서 살아갈 수 있는 날이
다시 나를 더 먼 곳으로 걸어가게 한다

톨게이트를 지나며

톨게이트 수납 부스 속에서
靜物처럼 졸고 있는 저 여인

허락된 한 평의 길 위
그녀를 감시하는 절망이
한 오 초쯤 그녀를 놓쳐도 좋겠다고 생각하다

똑! 똑!
인기척에 놀라 깨어난 그녀가
가로등처럼 꺼내놓는 희미한 웃음

안녕하십니까, 고객님
만 원 받았습니다
거스름돈 삼천육백 원입니다
길은 흐름이 있다 하오니
다른 차에 속도를 맞추어 출발하시고
그럼, 안녕히 가십시오

범람하는 삶

앞서 지나간 사람의 속도를 따라 밟으며
나 또한 불빛 속으로 침몰하는 밤

나의 설레임에게

흐린 불빛 아래 편지를 쓴다

설레임이여, 오너라

인적 끊긴 성당
묵상에 잠긴 시간의 어둠 속에서
새별 돋듯이

저 그리움의 파도소리 가로지르는
하얀 돛배 밀고 바람처럼 오너라

수척한 낮달처럼 오너라
습습한 허공처럼 오너라
산허리 휘감아 이는 안개처럼 오너라

감나무 잎사귀에 미끌어지는
소슬한 가을 달빛처럼, 문득
달빛인 듯 아닌 듯
등불 꺼진 창문 틈새로 스며들어 오너라

어서 오너라!

해설

철학의 수용과
시적 무드

채수영
(시인, 문학비평가, 문학박사)

철학의 수용과 시적 무드
─김상우의 시를 읽고

채수영(시인, 문학비평가, 문학박사)

1. 시를 위한 헌사 ─변화 속에 개성

작금에 한국시는 형체를 모를 정도로 혼란의 와중(渦中)을 지나고 있다. 다시 말해서 시인의 의식 수준으로 볼 때 자각의 문패가 흐릿하고 내용에서 그 나물에 그 나물이 시의 이름을 가지고 횡행한다. 이른바 명망 있는 시인이라는 자들은 자기 성(城)에 갇혀 소통 부재의 암호로 자기만족에 떨어졌고 대부분의 시인들은 음풍농월의 깊이에서 헤어나올 줄 모르는 상황을 지나고 있다. 이에는 자극이 없다는 말이 성립될 것이다. 이는 외부에서의 자극과 자기 내부에서의 자각(自覺)이 결합할 때 비로소 시의 표정은 신선(新鮮)하고 감각적인 맛깔을 드러낼 수 있을 것이다.

그렇다면 외부 자극은 사회현상과 맞물리는 현상이 있을 때

예민한 촉수를 발휘하는 예술혼의 발동이 전제되어야 할 것이며 내부는 자기 자각의 냉엄한 판단이 우선해야 할 것이다. 이에는 한국문단의 주류변화—문학청년 등 젊은 층에서 문학의 세력이 노년, 은퇴세력으로 이동했다는 현상을 지적하게 된다. 이런 현상에서 과감한 자기 변화의 물살이 완만하거나 격랑을 회피하는 노력 부재의 현상 탈피가 우선되어야 할 것이다.

그러나 아웃사이더는 우리 문단의 일정 현상이었으니 소월도 그렇고 만해 그리고 윤동주 등은 기실 아웃사이더였지만 궁극에는 문단의 중심으로 자리 잡은 이유를 살필 필요가 있다. 또 하나의 아픈 현상은 모두 같은 토운의 시에 함몰(陷沒)되었다는 풍토의 문제가 있다. 거의 모든 시의 표현에 일정한 패턴을 유지하고 있음을 아프게 바라본다. 시는 개성이라야 한다. 타인이 정답을 마련해주는 것이 아니라 자기가 답을 찾아가는 개성이 있어야 한다. 이 기준에 합당한 시인—세 권의 시집을 상재(上梓)한 김상우의 경우 만족의 지수가 높다. 이제 그 특징으로 들어간다.

1) 모자이크기법

김상우의 시의 표정은 간단명료하다. 지저분한 가지가 없고 오로지 고갱이만 앞세우는 소품의 시가 주류를 이룬다. 그러면서 언어 탄력의 묘미는 맛깔스럽고 씹는 만큼 단맛이 우러나는 기교의 묘미를 앞세운다. 언어의 장황은 시의 탄력을 갉아먹는다. 요컨대 말이 많으면 실수가 있다는 것은 불문가지의 현상이다. 이는 현실에서도 말 많은 사람에 신뢰를 갖지 못하는 이치와 다름이 없다면 시의 경우는 더욱 경계의 목록이다. 불가(佛家)에서 화두는 이런 경지에 매우 적합하다. 예로 들어간다.

나를 한없이 물켜게 하는
그대는 왜 내게 그리움의 바다인가

-「바다는 왜」

　‘물켜게’와 ‘그리움’이 상관을 갖고 바다를 중심에 놓은 기법이
단 2줄로 의미를 만들고 있다. 이는 언어 탄력을 수반하지 않으
면 산문으로 길을 만들 뿐 시적 기교에는 미치지 못한다. 김상우
의 시집에 20줄 이하의 시가 대부분인 이유는 그가 시인으로 정
신의 촉수가 깊게 박혀있는 증거가 될 것이다. 시는 씹으면 씹
을수록 맛이 우러나는 우리네 곰국 같은 은근함과 끈기의 성질
이 담겨 있어야 은근한 전달의 감동이 우선할 수 있을 것이지만
산문적인 장황으로는 외면을 가질 수밖에 없다면 김상우는 간결
명료함에서 박수를 보낼 수 있을 것 같다.

창 너머로 황홀한 에로티시즘
눈부시게 몰락하는 저 落花의 농염

-「아득한 봄」

　봄날 지천으로 핀 꽃들의 황홀경을 에로티시즘으로 생각의 변
경(邊境)을 넓히는 사고의 폭이 크다. 그리고 꽃이지는 날의 ‘몰

락'을 재치로 받아쓰는 감수성이 놀랍다. 봄이 산만하기보다는, 일정하게 정렬을 하고 이미지를 이끌어가는 솜씨가 재미있으며 꽃들의 분분(紛紛)에 감각적인 느낌이 배가하는 상상의 숲이 일단 즐거움을 전달한다.

김상우의 시는 이미지의 간결성이 모여서 한편의 큰 이미지로 확대된다. 이는 모자이크의 현란한 모습인 것처럼 생각되지만 일정한 질서(秩序) 속에서 질서를 찾아가는 방법이 우수하다.

모자이크는 교회의 내부를 장식하는 데 주로 쓰였다. 이것은 고대 로마의 전통적인 인테리어 장식미술로서 계승 발전한 것이다. 하지만 과거 정교한 형태는 사라지고, 비교적 큰 돌을 사용하여 거친 형태를 보여주거나 빛의 현란한 반사를 위해 금박을 입히거나 색유리를 사각(斜角)으로 부착시키는 등 다른 형식을 만들어 나갔다.

중세교회의 미술에서 모자이크는 신비로운 공간효과를 위해 가장 선호된 방식이었다. 모자이크 벽은 내부로 들어온 빛이나 실내의 조명(촛불이나 횃불)의 빛을 반사하여 초월적인 공간을 형성하는 데 일조하였으며, 교회 내부를 천상의 예루살렘으로 변화시키는 주요한 장식요소로 여겨졌다. 이것은 고딕 시대의 스테인드 글라스가 했던 역할과 유사하다고 볼 수 있다.

〈교회 내부의 미술사〉

모자이크는 14세기 비잔티움 미술의 극치를 이루는 바 주로 교회의 장식에서 발달하였음은 주지의 사실이다. 김상우의 시적 기교는 이런 기교-언어의 시어와 시어의 조립에 간격이 멀리 있는 것 같을 때 은유의 기교가 빛을 발하는 부분이다. 다시 말해서 원관념과 보조관념의 사이가 멀 때—이를 언어의 폭력적 결합이라 부른다. 이런 현상은 시의 언어 질감에 윤기를 더하고 신선미를 가져오는바—김상우 시인의 시적 특징에 해당된다.

2) 감각성의 특성

시는 언어로 시작하고 언어로 마감한다. 결국, 재료의 문제가 아니라 어떻게 언어를 배열하고 조립할 것인가의 기교에서 시적 특성이 내재할 수 있다는 점에서 언어의 운용은 곧 시작 재능으로 귀결될 것이다. 「벚꽃」이나 「감나무 집」 「할머니의 달」 등엔 언어의 빛깔이 유난히 동적인 인상을 자극한다.

여기저기
눈꽃 쏟아질 때부터
코끝이 간질거리더니
그예, 터지는 재채기 소리
분홍빛 봄의 목젖까지
알알하다

－「벚꽃」

소설은 재미가 있어야 하고 다음이 교훈적인 지혜를 앞세운다. 그렇다면 시는 무엇 때문에 읽는가? 시라고 재미없으란 법은 어디에도 없다.

　꽃이 분분함에서 질서를 찾아가는 의미의 정렬에서 '눈꽃'은 신선하고 어지럽지만, 이 상상이 '코끝을 간질이는' 촉수에서 재채기를 유발하고 이내 '목젖이 알알'함으로 치장을 끝내고 분홍빛의 색감에서 화려한 봄날의 판타지는 우아한 재미를 전달한다. 이는 비유의 신선함이고 간명함에서 다가오는 쉬운 전달의 알맹이가 된다. 김상우의 언어 조립은 이렇게 빛이 난다.

3) 식물군 상상

　시는 시인의 성품에 따라 언어의 취택(取擇)이 이루어진다. 다시 말해서 시인이 즐겨 쓰는 언어의 빈도는 결국 시인이 갖는 관심의 집중처일 수도 있고 또 관심에의 초점이 모아지는 현상으로도 설명할 수 있다. 대체로 정적(靜的)인 성품의 사람에게는 식물군이 시에 많이 등장하고 또 조용한 사색의 유형이 나타난다. 물론 다 그런 바는 아니지만, 환경에 영향을 받을 수도 있다는 사실 또한 간과할 수 없을 것이다. 왜냐하면, 시는 시인이 사는 현재를 표현으로 삼기 때문이다.

　「팬지꽃」 「채송화」 「나팔꽃1, 2」 「냉이풀」 「풀꽃」 「코스모스」 「담쟁이」 「갈대」 「모란」 등 상당히 많은 식물군이 등장한다. 아울러 키가 큰 나무이기보다는 작은 풀꽃 부류의 식물이 대부분이다. 이는 시인의 정서가 어디로 지향하는가를 알 수 있는 상징이고 또 그가 살고 있는 현실의 사고를 반영하는 지표가 되기도 한다.

하늘 빗금 그으며
당당히 서서 흔들리는
저 차고 맑은 슬픔아

－「풀꽃」

　꽃에 풀꽃이라는 이름은 없다. 작고 이름 없는 꽃들이 지천으로 피어있는 들판의 군락은 결코 큰 꽃의 화려에 뒤지는 것이 아니다. 작다 해서 눈에 띄지 않는 점에서 풀꽃의 향기 또한 아름다움을 갖추고 있을 뿐이다. '당당히 서서 흔들리며'에서 풀꽃의 자리는 주눅이 들 상황은 아닌 존재의 위엄- 작으면 작은 대로 모양을 갖춘 존재의 '당당'을 눈 여기는 시인의 마음에는 휴머니즘의 깃발이 펄럭이고 있다. 이는 차별화의 간격이 아니라 평등으로 높이를 맞추는 점에서 휴머니즘이 곧 시의 가치를 빛나게 하는 활력소임을 주목할 수 있을 것이다. 그러나 시인의 정서는 항상 처연(凄然)한 눈빛으로 사물을 바라보는 관점이 있는 것 같다. '저 차고 맑은 슬픔'에서 역설의 기법-맑은 슬픔에서 시적 의미의 증가는 아름다움을 배가하고 있음이다.

청량한 가을볕에
피를 말린다
소슬한 바람으로
살을 말린다

비로소 철이 들어 禪門에 들듯
젖은 몸을 말리고 속을 비운다

말린 만큼 편하고
비운 만큼 선명해지는
홀가분한 존재의 가벼움

성성한 백발이 더욱 빛나는
꼿꼿한 老後여

─「갈대」

시는 비유로 인간을 의인화한다. 이 또한 시의 영역을 넓히는
점에서 시만이 갖는 자리에 속한다. 갈대를 바라보면서 바람에
흔들리는 미감(美感)이 아니라 김상우의 사고는 좀 더 다른 각도
에서 사물을 조명하기 때문에 신선감으로 의상(衣裳)을 입는다.
　가을볕에 '피를 말린다'는 의외의 도입에서 '살을 말린다'로 강
도를 낮추면서 선문(禪門)에 들어 깊은 정서의 문이 종교적 상상
의 깊이로 들어간다. 물론 '말린 만큼 편하고/비운만큼 선명해지
는/홀가분한 존재의 가벼움'으로 지적 농도가 한층 고양(高揚)된
다. 아울러 백발과 노후가 어울리면서 추하지 않고 깨끗한 인상
을 배가하는 기교가 돋보인다.

4) 세계 내 존재

인간은 이 세상에 태어나면 세상을 하직하는 날까지 세계 내 존재로 살아야 한다. 설사 세상에 싫증이 난다 해서 벗어나고 싶은 소망을 말해도 아무런 쓸모가 없을 뿐 숙명으로 받아들이는 삶이 있을 뿐이다. 이를 달리 말하면 고기 잡는 어망에 들어간 물고기와 비유가 비슷하다. 물론 넓은 세상으로 나아가고 싶은 발버둥이 종내는 허사로 돌아가는 순명이 있을 뿐이기 때문이다.

유리병 속에서 포도가
익어가고 있다
달콤한 과즙을
보기만 하라니

새와 벌레는 출입금지!

가질 수 없는 것들이
더 치명적이다
유리병 앞에서
모든 것들의 날개는 강건해진다

-「유리병 속의 포도」

20세기 뛰어난 철학자인 루드비히 비트갠슈타인의 철학의 요지는 여러 갈래가 있지만 〈파리 잡는 항아리〉는 바로 현존하는 존재의 문제를 명쾌하게 해석한 운명적인 현상을 벗어날 수 없다는 이론이다. 그중 몇 가지의 말은 음미의 대상이다.

말할 수 없는 것에 관해서는 침묵해야 한다.
언어는 만물의 척도다.
생각도 일종의 언어이다.
말에는 음악이 깃들어 있다.
내 언어의 한계는 내 세계의 한계를 의미한다.

철학은 언어를 떠나서는 존재할 수 없는 한계가 있다. 언어는 존재의 집이라는 하이데거의 말이나 언어의 기능이 곧 존재의 형태를 가늠하는 일이라는 점에서 비트겐슈타인의 '언어의 한계는 내 세계의 한계'라는 말에 존재는 곧 언어라는 말이 성립한다.
  시는 존재를 말하는 가락이라서 비트겐슈타인의 언어관을 언급했지만, 김상우의 시 「유리병 속의 포도」는 철학적인 명상을 떠올리게 한다.
  포도를 인간으로 환치하면 세계 속에 살아가는 인간의 모습이 떠오른다. 물론 객관화의 기법―유리병 속에 포도가 들어있고 이를 바라보는 시선으로 시적 전개가 이루어지고 있음에서 이쪽과 저쪽이 차단된 현실을 깨달아야 한다. 유리병 속으로 들어갈 수도 나갈 수도 없는 한계 속에서 인간은 보이는 포도와 다름이 없다는 현상 인식이 '가질 수 없는 저쪽의 사물'에 대해서는 바라보고 깨달으면서 인식의 지평을 넓히는 철학뿐이다. 철학을 만질 수는 없다. 다만 바라보면서 인식의 넓이를 깨닫는 추상의 길만이 현실이기 때문이다. 여기서 언어의 효용과 한계는 철학의 도구가 된다는 점을 거론하게 된다. 인간이 유리병 속에 존재 혹은 유리병 밖에서 바라보는 객관의 문제는 철학의 요체가 될 것 같다.

5) 탄생 혹은 낙타의 길

인간은 어디서 오는가? 이 막연한 물음에 대답은 없다. 아니다. 철학에서는 결코 없다는 말을 할 수 없다. 왜냐하면, 철학은 존재의 문제에 천착(穿鑿)할 때 그 자리가 나타나기 때문이다. 태어남은 어머니 뱃속이지만 비유하자면 알에서 나오고 그 알을 깨뜨리는 일이 곧 생명의 소리로 환치된다. 헤르만 헷세의『데미안』의 비유처럼 알에서 근원은 시작했고 이 어둠은 곧 무한의 시간을 공유한 미지의 공간에서 빛으로의 세계로 진입하는 일이 곧 생명의 얻음이지만 이를 알고 태어나는 존재는 없다.

알은 모남이 없다. 둥글다
원형은 완전하므로, 알은
완전하다
완전한 알의 껍질을 깨뜨리고 비로소
태어나는 한 생명
파괴되는 껍질의 비명과
절대의 아픔을 통과의례로 안아야 하는

알은 땀 흘리며,
고통스럽게 찌그러지며, 가득히 피 흘리며, 마침내
탄생의 기쁨을 희열한다
부서진 알 껍질을 보면
위대한 죽음이 어머니 같다

―「알」

　알로부터 껍질을 깨어야만 탄생의 기쁨을 맛볼 수 있다. 어떤
것도 껍질을 뚫지 못하면 생명이 존재할 수 없다는 한계를 가지
고 있다. 여기서 '완전한 알의 껍질을 깨뜨리고 비로소' 생명을
얻을 수 있다는 현실 인식은 존재의 증명에 속할 것이다. 이를
파괴라는 말로 대신했지만, 생명은 껍질을 깨는 일이 자의적(恣
意的)인 것이 아니라 타의적일 때 무의식적으로 지나가는 무심중
이 나타난다. 그러나 생명의 본질은 곧 '껍질'이라는 한계를 인식
할 때 생명의 길이 열리기 시작한다는 점에서 이 또한 생명 근원
의 문제에 봉착하게 된다. 존재자는 누구나 이 '알'의 어둠의 세
계를 뚫어야만 빛의 세계―이는 한계의 세계로 진입하게 된다는
점에서 역시 세계 내 존재의 말이 타당성을 갖는다. 그렇다면 태
어난 이후는 어떻게 살아가는가?

　제대로 한번 서보기 위해
　아랫도리에 피멍이 든다

채찍을 피하지 않는 당당함

일어서고 싶거든
한번 사무쳐 보라

─「팽이」

첫 구절을 '제대로 한번 살아보기 위해'로 바꾸면 존재, 형극(荊棘)의 길이 가시밭으로 변모한다. 계속해서 팽이를 두드려야만 바로 설 수 있는 팽이의 운명이 곧 삶이기 때문이다. 게으름일 때 팽이는 비극을 맛보는 참담함에 떨어진다. 결국 '일어서고 싶거든'의 운명을 이끌고 가기 위해서는 알에서 깨어난 순간부터 존재는 시련의 언덕을 넘어야만 한다. 채찍은 누가 내리치는 것이 아니라 자기 스스로 채찍을 가지고 살아가야 할 운명적인 시련이 세상을 마지막으로 지날 때까지 반복의 길을 다져야만 한다. 불가분 또 한 편의 시를 옮겨야 한다.

흙먼지 그득한 이 세상으로
운반하려 한 것은 무엇이었을까
제 무게에 겨운 삶 더하여 메고
통과할 길 없는 우리에 갇혀
선한 눈 껌벅이며 삭이는 세월.

그 질긴 황량함을 견디는

-「낙타」

자세한 설명이 불요한 시—삶의 문제를 이끌고 가는 낙타의 운명이 보인다. 그렇다면 무엇을 이끌고 가는 짊의 명칭은 무엇인가? 누구도 알려준 적이 없는 멍에를 이끌고 어딘가 가야만 한다는 존재의 슬픔이 이어진다. 사막의 황량함이 더해지고 열사(熱沙)의 뜨거움이 다가오는 고통을 견디는 현실은 그야말로 우리에 갇힌 존재의 처참함이 눈에 보인다. 결국, 존재는 비극이라는 인식이 앞장서고 있지만 이를 심각하게 깨닫는 것이 아니고 다만 체념의 침묵으로 흐름을 타고 흐르는 파도의 물살 같다. 갇혀있지만 갇힘을 모르고 사막이지만 사막인 줄을 모르고 또 알아서 벗어날 길을 알지 못하는 어둠의 인식으로 길을 터벅이는 존재가 곧 생명의 길이기 때문이다.

6) 헌신의 길

생명은 살아있을 때 아름답다. 또한, 살려는 노력이 가상함을 더할 때 더욱 진지한 노래가 따라온다. 이를 헌신(獻身, devotion)의 삶이라 말하면 존재는 더욱 진지성 앞에 서게 된다. 이를 알기 위해서는 대상의 비추임이 있어야 한다. 일종의 자가(自家) 발견에서 대상에 바치는 노래가 나올 수 있기 때문이다. 「거울」이다.

거울공장 직공들은
늘 남의 거울을 만들어 놓고
거울 뒤편에서 혼자 늙는다

-「거울」

직공은 누구나 될 수 있다. 직공이 따로 존재하는 것이 아니라 나도 될 수 있고 너도 될 수 있을 때 거울이라는 대상은 나르시스의 자기애를 발견하게 된다. 나를 사랑하는 일은, 대상화의 거울에서 어떻게 바라볼 것인가의 여부는 자각의 문을 열 수 있는 스스로인가를 자문하게 된다. 이를 깨달음이라 칭하면 깨달음은 누구나 알 수 있는 것은 아니다. 오로지 자발성의 깨우침이 있을 때 거울은 앞에 있게 된다는 가설이다.

인간은 누구나 꾸러미에 엮인 존재일 때 김상우의 시는 철학의 깊이로 들어간다.

보이지 않는 줄에 몸 묶여
헤어나지 못하는 이 절망보다
당당하게 묶여서 땡볕에 내걸리는
차라리 아름다운 저 굴욕

-「굴비」

굴비의 신세라 인간을 지칭하면 아픔이다. 그러나 현실은 굴비와 뭐가 다를까? 여기서 「물고기가 나에게」이고, 「껍질」을 깨어야만 숙명을 이끌 수 있는 신음의 운명 앞에 사람은 스스로를 망각하고 누구나 살아간다. 하여, 철학은 이 순간을 벗어나기 위해 종을 치지만 누구를 위한 종소리인지 아무도 모른다. 다만 들려오는 소리로 치부하면서 자기와 무관하다는 논리에 열성일 뿐이다. 그러나 인간은 지혜의 수순을 발휘하는 점에서 영장의 동물이라 칭한다.

제발, 꼬리를
모독하지 마셔요

비구름 뚫고 승천하는 용의 航進도
꼬리의 헌신 없이는 어림없지요

용틀임하는 몸의 중심 곧추세우고
천둥치는 푸른 협곡 휘이휘이 헤쳐 내어
빈틈없는 하늘 길 하나
옹골차게 밀어 올리는
꼬리의 힘

머리는 숭배하고 꼬리는 경멸하도록
줄기차게 진화해 온 단호한 관념은
누구를 위한 방어막인가요

숭배도 폄하도 필요 없는
머리와 꼬리는 상생의 한몸!
살아있는 것은 모두
뼈마디 시리다는 걸 모르시나요

―「꼬리에 대한 견해」

'寧爲鷄口無爲牛後'라는 말은 〈史記〉 소진전에 있는 말이다.
소의 꼬리가 되느니 차라리 닭의 머리가 되겠다는 의미는 꼬리의 중요성과는 반대의 개념이다. 용이 승천하기 위해서는 꼬리가 없으면 절대로 승천의 에너지를 공급받을 수 없다는 사실이다. 여기서 시인은 '머리와 꼬리는 상생의 한 몸!'의 강조에 힘을 모은다. 목적을 위해 옹골차게 밀어 올리는 힘은 꼬리에서 나오는 것이지만 사람들은 꼬리를 간과(看過)하고 머리만을 위한 칭송일 때 역사는 어긋난 백성의 슬픔이 증가한다. 머리는 권력자라 칭하고 꼬리를 백성이라 바꾸면 이치는 금시 터득된다는 사실이다. 현명한 지도자는 꼬리에 역점을 두어야 한다는 말에 힘이 실리는 시가 「꼬리에 대한 견해」이라면, 여기서 낮은 삶에 대한 고찰이 필요한 소이(所以)이다.

7) 나이에 대한 고찰

나이는 젊은 사람에게는 숫자이고 노년에겐 슬픈 세월이다. 시에서 유추컨대 김상우는 70어름에 있는 나이의 시인인 듯 보인다. 이는 서문(序文)에서 '이제/ 말들을 잠재우고/고요에 들 시간/가깝다'에서도 나이와 언어의 절약 정신이 보이고-이는 허무를 감지한 이유도 될 것이다. 「버려진 가구」의 신세나 「나이 듦에 대하여」를 읽으면 세월의 깊이를 지나온 흔적이 고백으로 새겨진다.

나이 들어간다는 것은
필요로부터 점점 소모되어 간다는 것

문득 서 있는 것들이
허공에 몸을 세워 가는 것을 본다

허공 끝으로 아름답게 떨어지는
노을의 모습이 부러워질 때
하루의 끝으로 떨어지면서
저리도 아름다울 수 있을까 싶을 때

해 또한 제 빛으로 제 모습 붙들고 있음을 안다

나이 들어간다는 것은
다 저녁 때 서 있는 것들 모두
허공으로 눈부시게 부서져 가는 것이
어느 때보다 잘 보인다는 것

-「나이 듦에 대하여」

　나이는 세월을 지나면서 얻어진 층이다. 그러나 부정한다 해
서 세월이 뒤로 가는 것도 아니고 앞으로 재촉한다 해서 속도전
을 벌이는 것도 아니다. 다만 사노라 지나는 길이 있었을 때 인
간의 계산이 증가하는 이유가 된다. 우주에 시간이란 개념은 없
다. 우주 자연의 질서에 따라 계절이 바뀌고 시간은 인간이 만든
개념일 뿐 우주에 시간은 어디에도 없다. 그러나 나이가 들면 왕
성한 필요로부터 점차 사용 연한이 줄어드는 한계 효용의 법칙
이 작동된다. 이런 현상은 노년에 이르면 더욱 절감하게 된다는
사실이다. 그러나 황혼이 아름다운 것은 분배의 이법(理法)이 작
동되는 것과 같을 것이다. 젊은이의 아름다운 용약(勇躍)과 어린
애의 순수 아름다움과 노년의 황혼의 아름다움은 어느 것도 불
공평하다는 기회균등의 법칙에서 벗어나는 이치가 아니다. 깨달

음이라는 뜻이다. '나이 들어간다는 것은' '허공으로 눈부시게' 사라지는 것들 모두 '잘 보인다는 것'에서 해답은 마련된다. 여기서 비유의 명징(明澄)한 예가 버려진 가구(家具)— 인간의 슬픈 버림받음이다.

반짝이는 가구의 꿈

광택제 밑으로 숨어 내리던 모순의 사랑

일생은 짧은 여행처럼 스쳐 지나가고

소각장 냉냉한 불꽃 속으로 연소해 갈

생명의 소실점

다시는 뿌리 내리지 않으리라

낯선 아파트. 담 밑에 버려진 나

-「버려진 가구」에서

처음은 빛나리라. 그러나 점차 세월의 층이 더할수록 소용의 법칙이 감소한다. 급기야는 생의 소실점에서 이내 '낯선 아파트, 담 밑에 버려진 가구'의 신세로 전락한다. 여기서 가구는 노년의

자화상을 대면하는 일에서 참혹한 인식이 다가든다. 어찌 모면
할 방도가 있는가? 없다에 이르는 길에서 방황의 슬픔이 강물을
탄다. 이는 필연에의 작동이고 벗어날 수 없는 현상일 때 인간의
이지(理智)는 순명을 따르는 머리 숙임에 이른다.

2. 철학의 시, 시의 철학

  시는 철학을 내포(內包)한다. 또한, 철학이 없는 시는 이미 감
동을 불러올 수 없다. 그 때문에 철학을 철학으로 풀어나가는 것
이 아니라 시로 감쌀 때 철학은 살아나고 시 또한 명징한 의미의
숲을 이룰 수 있다.
  김상우의 시는 철학의 깊이에서 아주 쉬운 언어의 파도를 대
동하고 간단 명료성으로 길을 넓힌다. 때로는 경구(警句)를 동원
하기도 하고 더러는 교훈적인 이미지가 폐부(肺腑)를 자극하기
도 한다. 이때 독자는 김상우의 시에 어리둥절할 수도 있지만 네
거티브 필름에 빛을 쪼이면 실상이 나타나는 것처럼 확연한 모
습에 감동할 것이다. 김상우는 그런 시의 기둥을 세운 독특한 시
인이다.